FABLES,

FIGVRE DV TEMPS.

*Dediées à Son Alteße Royale
Monsieur le Duc d'Orleans,
Regent du Royaume.*

*Par Monsieur d'****

M. DCC. XVI.

A S. A. R.

MONSIEVR
LE DVC D'ORLEANS,
REGENT
DU ROYAUME.

PRINCE, *à d'autres qu'à Toi je ne puis dedie*
Ces Fables que ma Muse inventa pour te plaire.
Sous un voile badin elle veut publier
Ta prudence à regir; mais qu'est-il necessaire?

Elle paroît assez, on ne le peut nier.

Muse, prens donc bien garde à ce que tu vas faire :

Que m'importe après tout, si je puis t'égayer ;

Que le monde m'appelle insensé, temeraire,

Arrive qui pourra, on aura beau crier,

Si tu y prens plaisir, j'aurai ce que j'espere.

FABLE I.

Le Soleil & l'Aigle.

A Un Aigle Phœbus s'étant long-temps
      caché,
Contre ce bel oyseau sembloit être fâché,
   Je ne sçai si c'étoit pour rire;
Mais je sçai bien qu'on y trouvoit à dire.
Les oyseaux attristez de cette indifference,
De leurs plaintes souvent remplissoient l'air
En voyant cet oyseau qui leur étoit si cher
Injustement privé de sa douce influence.
Quoi, disoient-ils, brillant Pere du jour,
     Pendant tout votre cours
    Priverez-vous de votre lumiere
    Un oyseau qui la merite le plus,
Et ne songerez-vous dans votre carriere
Qu'à éclairer des oyseaux superflus?
Daignez jetter un regard favorable
    Sur un Aigle digne de vous;
    Il est bien fait, il est aimable,
En courage, en beauté il nous surpasse tous.
Cet Astre qui des Dieux represente l'image,
Aux cris de ces oyseaux paroissant être sourd,
Ne voulant point d'égal, n'en fit pas da-
      vantage,
Et refusa toûjours à cet Aigle son jour.
Satisfait de son sort, mais touché de douleur,
Cet Aigle délaissé, de tous digne d'envie,
Des Dieux, dans le Soleil, respecte la grandeur
Et passe ainsi la plûpart de sa vie.

Quand Phœbus se voyant prêt de souffrir
  éclipse
Par le sort naturel attaché à son sort,
Fit venir cet Oyseau : Non, ce n'est par
  malice,
  Lui dit-il, car je vous estime fort,
  Si je vous ai privé de mon regard,
J'ai crû jusqu'à present le devoir à ma gloire.
Voilà mon Fils, tenez les rênes de son Char,
Rendez à l'Univers, rendez à ma memoire
  Les services qu'un Pere attend de vous,
  Oubliez de Phœbus, oubliez le couroux.
La Vertu jointe au sang se fait toûjours con-
  noître,
Cet Aigle courageux penetré jusqu'au cœur,
Dès l'instant s'occupa du soin de faire croître
Le jeune Phaëton en gloire & en honneur.
Le monde à son aspect bien-tôt changea de
  face,
Les oyseaux trouverent tout ce qu'ils atten-
  doient ;
  Il échauffa ceux qui le meritoient,
  Aux autres il parut tout de glace.
La Nature reprit sa premiere vigueur,
L'Aigle fendant les airs, conduit avec pru-
  dence
Le Char de Phaëton, & fit sans violence
Par ses soins succeder le frais à la chaleur.

FABLE II.

Le Berger & le Chien.

QU'heureux est celui-là qui se voit sous la
  garde
  D'un bon & vigilant ami :

De furmonter fon ennemi,
Quelque puiffant qu'il foit , jamais il ne
      hafarde ,
Tôt ou tard par fes foins & par fa vigilance,
Il lui fait de fes maux trouver la délivrance.
Je veux aujourd'hui faire voir cette verité
Aux yeux de tout Paris , par la fidelité
D'un chien à qui fon maître avoit donné le
      foin
D'un grand troupeau. Ce chien étoit de bonne
      race ,
Auffi dans la maifon occupoit-il la place
La premiere des chiens ; il aboyoit de loin,
Gardoit bien fon troupeau , toûjours prêt à
      bien faire.
Auprès de fon Berger fe rendant neceffaire,
Par fon adreffe avoit fçû gagner fa faveur.
Aux oreilles d'André (c'eft le nom de fon
      maître)
Pour le perdre fouffla je ne fçai quel flateur,
L'accufant fauffement d'avoir fait paître
Une herbe dangereufe à fon troupeau :
De ce flateur , le maître ignorant la malice,
      Donna bien-tôt dans le panneau ,
Oubliant de fon chien le bon fervice.
Quoi, dit-il en couroux , Medor eft donc un
      traître
Sur qui je me fiois ? Ouy , c'en eft fait,
Je lui défends devant moi de paroître
Avant qu'il m'ait rendu raifon de fon forfait.
Ce fidel animal , fans nulle refiftance,
Obéït , part, & va fe cacher dans un coin ,
Pour lui quelle difgrace! il n'a plus de pitance,
Tous lui tournent le dos dans le befoin ;
Mais je ne m'en étonne guere,
Car chez grands & petits c'eft l'ordinaire.

De ſon maître Medor étant ainſi privé,
Gemit, ſon triſte état l'accable,
Tout lui déplaît, il eſt inconſolable,
Lorſque le temps étant par hazard arrivé
Auquel Meſſire André part pour un long
    voyage,
Auſſi-tôt du troupeau un heritier très-ſage
Dont il étoit ami, connoiſſant ſa candeur,
Lui rend ſa place & chaſſe le flatteur.

    En liſant cette hiſtoire,
    Pour vous ſervir de paſſe-temps,
    Ayez dans la memoire
    Ce Proverbe qui dit :
    Les flatteurs n'ont qu'un temps,
    Il eſt ſans contredit.

FABLE III.

Le Lion & le Renard.

QUi ne penſe toûjours être très-ſage,
    Lorſqu'il a tout à ſouhait ?
    Cette folie eſt ſi fort en uſage,
Que nul ne croit errer ſur ce ſujet :
Le contraire aujourd'hui par un tour agreable
    ſera prouvé par cette Fable.
D'un Lion, Dom Renard jadis le favori,
Trouva le vrai ſecret d'avoir ſa confiance
Par mille ruſez tours, dont une telle engeance
Pour être oüi, ſe ſert, & pour être nourri.
    D'abord ce ruſé fit merveille.
(Comme il avoit de ſon Prince l'oreille)
Nul n'approchoit de cette Majeſté,
    Qu'auparavant il n'eût été
    Chez lui, lui rendre hommage,
Tout paſſoit par ſes mains, dirai-je davan-
    tage ?

Graces , emplois , honneurs , tout dépendoit
de lui ,
Pour obtenir du Sire , il falloit son appui ,
Sans cela du Palais l'entrée
Etoit à tous toûjours fermée ,
Sa faveur seule étoit le vrai moyen
D'ariver aux honneurs , d'avoir du bien :
Un essein d'animaux de toutes les especes ,
Lui faisoient tous les jours mille carresses ;
L'un élevoit son nom, & ventant ses ayeux,
Le disoit descendu du sang des demi-Dieux;
L'autre avec tout respect , venoit à sa taniere
Implorer son credit , demander sa faveur
Et sa protection , en l'accablant d'honneur ;
Les Grands le recherchoient , chacun à sa
maniere ;
Enfin quelque nouveau Courtisan chaque
jour
Venoit chez lui pour être de sa Cour.
Enflé de son credit , grossi de sa fortune ,
Maître Renard traitoit sans beaucoup de fa-
çons ,
Les autres animaux de fort petits garçons ;
Et les rejettoit tous comme troupe importune:
Se tenant toûjours fier, comme un Pape Colas,
De les voir à sa porte , il sembloit être las ,
Persuadé pour lui que c'étoit beaucoup faire ,
D'écouter leurs raisons , sans songer à leur
plaire :
De sa fietté , quantité murmuroient ;
Mais c'étoit entre eux seuls qu'ils le faisoient;
Car c'en étoit assez de lui déplaire ,
Pour se faire auprès du Sire une affaire.
Au plus beau de ses jours , Sire Lion mourut ,
La faveur du Renard avec lui disparut :
Chacun se souvenant de son humeur trop
fiere ,

Veut avec le Lion le mettre dans la biere.
Délivrez de son joug, ils se disent tout haut :
Ouy, ce fier animal n'est plus à craindre, il faut
  faut
A quel prix que ce soit, songer à s'en défaire,
La loi, l'Etat le veut, il est trop necessaire
Qu'il perisse, qu'il soit puni de ses forfaits,
Et que son nom soit mis en oubli pour jamais.
Que ceux qui sont en place, apprennent de
  ma Fable,
Que pour s'y conserver, il faut se rendre
  aimable.

FABLE IV.

Le Lion, les Renards & les Loups.

CHez les Grands la prudence est toûjours
  necessaire,
Pour réüssir chez eux tout doit être myftere,
C'est une verité qu'un beau trait fabuleux
Va nous mettre aujourd'hui devant les yeux.
Un Lion dont le nom ne nous importe guere,
Jadis à ses amis voulut faire la chere.
Pour les bien regaler rien ne fut épargné :
Brebis, agneaux, chapons, poulets, pigeons,
  pâté,
Tourtes & fricandeaux étoient en abondance,
Tout étoit commandé pour leur faire bon-
  bance :
Chacun de toutes parts, de ce regal instruit,
Fut contraint d'apporter ce qu'il avoit chez
  lui,
Tout le monde fournit à la dépense
Qu'il convenoit faire à son Excellence,
Plusieurs furent reduits pour satisfaire,

A ſe priver du neceſſaire ;
Auſſi jamais vit-on plus de biens au Lion,
& chez tous ſes ſujets moins de proviſion.
Par le Surintendant furent choiſis quarante
Bons Cuiſiniers pour preparer les mets,
Et deſſous eux, autres huit cent cinquante
Loups & Renards à devorer parfaits.
Mais qu'eſt-il arrivé ? choſe étonnante !
Le feſtin étant prêt, contre l'attente
De Meſſire Lion, Meſſieurs Renards friands
De morceaux délicats, & les Loups fort
    gourmands,
Aux mets voulant goûter, c'eſt l'ordinaire
Des maîtres Cuiſiniers, chacun voulut le
    faire ;
Les brebis & agneaux étant au goût des
    Loups,
Ils en firent ripaille & les mangerent tous,
Et les Renards imitant leur exemple,
Des poulets & chapons firent un regal ample;
Et puis prevenant la neceſſité,
On cacha le ſurplus chacun de ſon côté.
Le pâté reſta ſeul, encore étoit-il vuide,
L'Intendant du logis, Renard non moins
    avide,
Prit le dedans : le tout avec grand ſoin
Au Lion fut caché, c'étoit un fort bon Sire.
Les conviez venus, tout lui manque au beſoin,
Que dit-il ? je ne ſçai ; mais qu'auroit-il pû
    dire ?
Doit-on donner aux Loups les brebis à garder,
Et aux Renards les poulets à plumer ?

FABLE V.

Le Medecin & les Malades.

UN fameux Medecin jadis fut confulté
Par grand nombre de gens qui man-
quoient de fanté,
Sur une maladie à guerir difficile;
Car la bille échauffée à traiter n'eft facile.
Cette humeur paroiffoit tellement au dehors,
Qu'ils étoient bien plus mal de l'efprit que du
corps.
Hypocrate & Galien fi fameux dans l'hiftoire,
De ce grand Medecin aiderent la memoire,
Il parcourt leurs écrits, puis en grands mots
feconds,
Ce mal eft grand, dit-il; pour le traiter à
fonds
J'ai befoin de fecours, affemblons nos Con-
freres,
Ainfi doit-on agir dans de telles affaires,
Pour guerir un grand mal fans rien precipiter,
Sur un remede fûr il faut bien mediter.
Nombre de Medecins, en leur Art fort habiles,
Commencent, affemblez, à nommer plufieurs
biles;
Et voulant travailler à bien guerir ce mal,
Les uns tombent d'accord que l'homme eft
l'animal
Qui néceffairement eft privé de la vie,
Quand de tout fon effet cette humeur eft
fuivie;
Les autres en plus grand nombre & plus fen-
fez, dit-on,
D'Efculape amateurs, leur foûtiennent que
non,   Et

Et qu'il dépend de l'homme par sa force &
    puissance,
Contre une telle humeur de faire resistance,
Et que la bile enfin n'est contraire aux mor-
    tels,
Qu'autant qu'ils veulent bien lui dresser des
    autels.
Sur ce dernier avis on dresse une ordonnance,
Qu'en sa force il falloit mettre sa confiance,
Et qu'un bon lenitif sçavamment apprêté,
Aux malades pouvoit-restituer la santé.
Qui l'auroit jamais crû après tant de mesures,
Qu'à ce grand Medecin on fit tant d'impos-
    tures ?
Contre cette ordonnance un malade animé
Dans ce remede voit comme un vrai sublimé.
Qui bien loin de pouvoir guerir la maladie,
Est capable tout seul à tous d'ôter la vie,
A son cours il s'oppose, & pour le détourner
Dit hardiment qu'on doit de nouveau ordon-
    ner
Que tous ces Medecins, contre toute lumiere,
avoient sans refléchir parlé sur la matiere,
Qu'on doit en Medecine appuyer ses raisons
D'Hypocrate & Galien en suivant ses leçons.
Qui s'oppose à mon Art, c'est être temeraire,
Dit ce grand Mededin ? tout mortel doit se
    taire,
Quand Esculape parle il veut être obéï,
Dans le monde il n'est point de plus grand
    Dieu que lui.
Dans son juste couroux même il se persuade
Qu'il devoit à la mort condamner ce malade.
S'il a bien fait ou non, Lecteur jugez en, vous
Qui de ces Medecins ne craignez le cou-
    roux ;

Car si suivant Galien , tous doivent se sou-
    mettre
Sans rien dire , à leur Art, à leur autorité,
Et qu'on tienne d'ailleurs , & c'est la verité,
Qu'il n'est point de disciple au-dessus de son
    maître,
Quand il s'agit pourtant de la vie ou la mort,
De vouloir s'éclaircir je croi qu'on n'a pas
    tort.

FABLE VI.

Les Corbeaux & le Rossignol.

D'Une source gâtée un fleuve impetueux
    Suivant le lit penchant de ses ondes
    ameres,
Le long d'un beau pays se déroboit aux yeux,
Entraînant avec soi les agneaux & leurs meres.
Dessus ses bords bourbeux quantité de Cor-
    beaux
Sans cesse voltigeoient, lesquels bouffis de
    gloire,   [seaux
Par force contraignoient tous les autres oy-
Qui passoient par ce lieu , de perir, ou d'en
    boire.
Plusieurs oyseaux craintifs par ces Corbeaux
    surpris
    Et d'eux se voyant pris ,
    Dans ce fâcheux passage ,
En bûrent lâchement pour éviter leur rage.
Dans ce vaste pays déja la trope noire
    Par des cris ennuyeux
    Croaçoit la victoire,
Et la faisoit enfin retentir en ces lieux,
Quand un petit oyseau survint dans ce mo-
    ment,

C'étoit un Roßignol , qui dans son doux ra-
    mage
S'approchant d'eux leur dit , & ce fut har-
    diment ,
De m'en faire goûter vous n'aurez l'avantage,
Cessez , race cruelle , aux oyseaux d'imposer,
    Cessez vos violences ,
    C'est trop en mal user
Contre tous vos égaux qui n'ont nulles dé-
    fenses ,
De toutes les actions, de boire est la plus libre,
En vain vous forcez-vous de croacer si haut,
De ces eaux je ne veux , viendroient-elle du
    Tibre ;
Une claire fontaine est tout ce qu'il me faut.
De ce langage fier cette troupe étonnée,
Sur ce beau Roßignol se jette à corps perdu,
Comme on voit qu'elle fait sur bête abandon-
    née :
De vous en faire boîte on a trop attendu ,
Dit-elle , & sur le champ d'une ardeur toute
    neuve
Cria , sans plume il faut dans cette eau le
    moüiller.
Mais pendant qu'elle pense ainsi le dépoüiller,
Phœbus en se couchant desseche ce grand
    fleuve.
Alors de ces Corbeaux, ah! quelle fut la honte,
Sans boire cet Oyseau dans sa plume resta ;
Et l'histoire m'apprend, ceci n'est pas un conte,
Que se moquant d'eux tous , aussi-tôt il goûta
Avec ses compagnons les fruits de la victoire
Remportée par lui sur cette troupe noire.

FABLE VII.

Les Rats & les Souris.

LEs Voleurs n'ont qu'un temps, c'est cho-
　　se bien certaine,　　　　　　　[traîne,
On n'est pas échapé quand sa corde l'on
Il faut ou tôt ou tard rendre ce qu'on a pris,
Quand on y pense moins souvent on est sur-
　　pris.
Des Rats & des Souris apprenez une Fable,
Qui sera de cela la preuve incontestable.
Il n'y a pas long-tems chez un certain Fermier
Il y avoit, dit-on, un bon & grand grenier
Rempli de tous les grains qu'on cueille dans
　　l'Automne
Et qu'en bonne moisson la riche Cerés donne:
Il étoit opulent, mais par malheur âgé,
Et d'une grosse Ferme il se voyoit chargé.
Le bruit s'en répandit dans tout le voisinage.
Des Rats & des Souris, de tout poil, de tout
　　âge,
Cherchant à fourager, forcerent les ramparts:
Et pour y séjourner vinrent de toutes parts.
Dans ce grenier, Dieu sçait, cómme ils firent
　　leurs orges !
Pour regler leurs repas ils n'avoient point
　　d'horloges,
Un chacun à l'envi s'efforçoit de manger,
Trouvans abondamment sa vie, & sans danger:
Aussi vit-on jamais une telle vermine
Estre en un si bon point, avoir si bonne mine;
A les voir seulement, sans doute on auroit dit
Ce que l'on dit de ceux qui vivent sans crédit,
Et qui au cabaret ne boivent pour chopine,

Si celui-là est gras, il a bonne cuisine.
Long-tems dans ce grenier ces souris & ces rats
Mangerent à gogo & sans crainte des chats,
Priant tous leurs amis d'une maniere honnête
De venir en ce lieu & d'être de la fête :
Car ils vivoient sans compte & à discretion,
Comme autant de Dragons envoyez en mis-
   sion,
Forcer les Huguenots à rentrer dans l'Eglise,
Ou bien mettre au pillage une Ville surprise.
Et comme tous étoient gens de precaution,
Pour le tems avenir on fit provision.
Dans son trou de ce bled un chacun en em-
   porte,
C'étoit à qui mieux mieux, on fit si bien en
   sorte,
Que de ce grand grenier il s'en fit des petits,
Chaque Rat en fit un & toutes les Souris.
Mais quel fut leur malheur, quelle fut leur
   disgrace !
Ce Fermier étant mort, son fils vint en sa
   place,
Qui trouvant ce grenier en si mauvais état,
Contre chaque Souris, & contre chaque Rat,
Commença de pester & demander justice.
La Deesse Themis pour lui être propice,
Ordonne de ce fait qu'on cherchât les auteurs,
pour proceder contre eux & punir ces voleurs.
Des Juges sont nommez pour juger cette af-
   faire,
Jamais Rat & Souris ne crut plus necessaire
De demander quartier qu'en cette occasion,
Où ils voyoient déja leur condamnation.
Mais ces Juges étant integres & severes,
Mépriserent leurs cris, ne les croyant sinceres,
Ordonnent qu'en un tems, sans sortir de son
   trou,

Chacun diroit combien il a de bled , & où ,
Qu'il dépendoit de là de conserver leur vie.
Ayant sçû cet Arrest , la troupe fut ravie,
Car elle apprehendoit un traitement plus dur:
Aussi-tôt, Rats, Souris, vit-on sortir du mur,
En leurs pates portant leur declaration ,
    Esperant échaper à la punition;
Mais parce que le crime est toûjours punis-
    sable ,
Et que le vol étoit beaucoup considerable ,
Ces juges sans pitié condamnent à la mort
Tous les Rats & Souris , & ils n'eurent pas
    tort.

FABLE VIII.

Le Pilote & le Vaisseau.

J'Ai oüi dire cent fois à un vieux Matelot :
  Qui conduit un Vaisseau , ma foi n'est pas
    un fot.
La science qu'il faut de certaine manœuvre
N'est pas toûjours facile à tous à mettre en
    œuvre ,
Le Navire est un pot dont la frêle beauté
Se rompt contre un rocher , comme fond en
    été
La glace qu'en hyver nous voyons sur la
    terre.
Ouy , souvent un Vaisseau se brise comme un
    verre ,
Si le Pilote habile à découvrir les bancs ,
Ne sçait avec prudence en détourner les
    flancs ,
Se servir de son ancre , & pour fuir aux
    orages ,
En abattre le mats , en couper les cordages,

Le charger à propos, le décharger fouvent,
Relâcher quand il faut, mettre la voile au
    vent,
Tantôt la donner pleine, & tantôt par adreffe
La donnant à demi, d'un gros vent qui le
    preffe
Au milieu des écueils, arrêter la fureur
De la Mer animée, atteindre la hauteur,
La bouffole en fa main, des Cieux trouver le
    Pole,
Ne pas perdre le Nord, combattre contre
    Eole,
Difputer à Neptune l'empire de fes eaux,
A force d'avirons traverfer tous fes flots,
Reconnoître le cours de la Lune & des Aftres,
Dans les plus grands dangers, dans les plus
    grands defaftres,
D'un coup de gouvernail échaper à la mort,
Et après un long cours arriver à bon port.
Le croye qui voudra, que cela foit vulgaire,
Non, il s'en trouve peu qui fçachent le bien
    faire,
Difoit en fe plaignant au mois d'Août dernier
Un gros vaiffeau conduit par un vieux Nau-
    tonnier,
Lequel dans fes beaux jours cheri de la For-
    tune,
Avoit long-temps vogué fur le fein de Nep-
    tune,
Voyant fouffler les vents au gré de fes defirs,
Et les flots de la Mer fervir à fes plaifirs.
Mais à qui la Fortune après plufieurs années
Sembloit tourner le dos avec les deftinées,
Le rendant par fon âge incapable d'effort,
Et de pouvoir conduire un Vaiffeau jufqu'a-
    bord.
L'Olimpe fut furpris d'entendre cette plainte,

Et même Jupiter en fut saisi de crainte,
Se voyant sur le point d'avoir le même sort,
Si à ce gros Vaisseau on ne donnoit le tort.
Aux oreilles des Dieux la plainte étant portée,
D'une commune voix ce fut chose arrêtée,
Qu'un Pilote caduc, sans entrer en détail,
Ne pouvoit sûrement tenir un gouvernail ;
Qu'il étoit de justice, & même raisonnable,
De donner au Vaisseau un Pilote agreable,
Qui, par lui-même sçût le conduire aujour-
       d'hui,
Sans en donner le soin à personne qu'à lui,
Et qu'au vieux Nautonnier, par faveur &
       par grace,
On devoit dans le Ciel accorder une place.
Du soin de tout cela Mercure fut chargé ;
Un tel ordre reçû, des Dieux il prit congé,
Son caducée en main, il descend sur la Terre,
Malgré le sentiment du Maître du Tonnere,
Declare au Nautonnier la volonté des Dieux :
Avec moi, lui dit-il, il faut monter aux Cieux,
Et laisser à un autre avoir soin du Navire,
Qui plus jeune que vous, sçaura le mieux
       conduire.
Si-tôt qu'il eut parlé, ce Vaisseau tout joyeux
Sur un autre Pilote ayant jetté les yeux,
Contre tous sentimens, des Loix, de la Nature,
Le voit sans nul regret partir avec Mercure ;
De son nouveau Pilote esperant son bon-
       heur,
Il pense uniquement à lui rendre l'honneur
Auquel la bien-seance & son devoir l'engage ;
Sous lui se met en Mer & part pour un voyage
Que la Fable m'apprend être de fort long
       cours,
Et dont il ne sera de long-tems de retour.

FABLE IX.

Le Fermier & le Chêne.

LE Soleil est un Astre un peu capricieux,
Le matin il reluit, & le soir à nos yeux
Fort souvent on le voit, dérobant sa lumiere,
Aller hors l'horizon achever sa carriere,
Faisant voir aux Mortels, le prenant pour
      support,
Qu'ils ne doivent sur lui toûjours compter si
      fort.
Au milieu d'un grand champ, d'une terre
      fertile,
De ce qu'elle fournit d'agreable & d'utile
A celui des Mortels qui desire le plus
Le comble des plaisirs & des biens superflus,
Vers le courant d'une eau s'élevoit un grand
      Chêne,
Sous son feuillage épais & de bonté extrême,
Le Prince, aussi le Roi pouvoient avec hon-
      neur
Dans le cœur de l'été y goûter la fraîcheur,
Se délasser des soins que veut le Diadême,
Y prendre du plaisir & penser à soi-même;
Car à dire le vrai, il n'est point de berceau
Dans le Jardin d'Amour plus charmant &
      plus beau.
Cet Arbre fut planté par un habile maître,
Qui le fit parvenir au point où il peut être,
Lui donnant tous ses soins, ses peines, ses tra-
      vaux,
Esperant quelque jour y rappeller les maux
Qu'un amas de faux biens suscite à tous les
      hommes
Qui veulent s'enrichir dans le temps où nous
      sommes.

Quantité d'arbriſſeaux plantez auprès de lui,
Se plaignirent long-tems de n'avoir nul appui,
Contre ce Fermier qui leur faiſoit la guerre,
Et les faiſoit mourir en dégraiſſant leur terre,
pour engraiſſer le pied de cet audacieux,
Dont la tête ſembloit menacer juſqu'aux cieux,
Mais helas ! aux petits à quoi ſert de ſe plain-
          dre ?
Aux oreilles des grands ils ne peuvent at-
          teindre.
Ces arbriſſeaux au maître eurent beau s'écrier,
Sous la main du Fermier il leur falut plier.
Le Soleil tous les jours d'un regard favorable
Approuvant ſon travail, le rendoit agreable,
A cet arbre donnoit la force & la vigueur,
Et de ſon Fermier faiſoit tout le bonheur.
Un chacun à l'envi s'efforçant de lui plaire,
Trouvoit ce qu'il faiſoit être fort neceſſaire ;
Tandis que de cet Aſtre il ſentit la chaleur,
Nul n'oſa le troubler, on chercha ſa faveur.
Mais Phœbus certain jour s'oubliant de pa-
          roître
Sur le champ fortuné de cet injuſte maître,
Donna occaſion au Seigneur de ce lieu,
En viſitant ce champ juſques dans ſon milieu,
De voir ces arbriſſeaux, qui contre la juſtice,
Periſſoient à vûë d'œil à faute de fumier ;
Alors de ce forfait connoiſſant l'injuſtice,
Il s'empara du Chêne & chaſſa le Fermier.

FABLE X.

Jupiter Amoureux.

QUe les hommes ſont fols ! de croire qu'à
          tout âge
On puiſſe également joüir en mariage

Des plaifirs que l'Amour répand à pleines
    mains
Aux plus beaux de nos jours dans le cœur
    des humains.
Mais tous les hommes feuls n'ont pas cette
    folie,
Les Dieux auffi-bien qu'eux fuivent cette
    manie :
Car pour peu qu'à ma Fable on veuille ajoû-
    ter foi,
On verra qu'ils le croyent, & qu'ils en font
    la loi.
Jadis fur fes vieux jours le Maître du Ton-
    netre,
Preffé par fon amour, du Ciel vint fur la
    terre
Chercher quelque Beauté qui foulageât fes
    feux,
Enfemble s'uniffant d'infeparables nœuds.
Tout l'Olimpe furpris d'une telle avanture,
Se rit de fon deffein, le blâme & en murmure.
Mais contre un vieil Amant que fert de rai-
    fonner ?
S'il eft extravagant doit-on s'en étonner ?
Il a droit de tout faire, en faifant la fortune,
En Terre comme au Ciel c'eft chofe fort
    commune.
Jupiter defcendu fut bien-tôt fatisfait,
Aux yeux de nos Beautez il parut fi parfait,
Que tout ce qu'il y a dans l'amoureux myf-
    tere
Fut fur l'heure employé pour tâcher à lui
    plaire.
Qui le croiroit jamais ? une vieille Beauté,
Sans naiffance & fans rang, toucha fa Majefté.
Son efprit fuperieur à celles de fon fexe,

Ayant gagné son cœur fut le dard qui le
       blesse,
Avec elle il s'amuse à rire, à se bien divertir,
Comme si d'ici bas il ne dût point partir;
Et content de trouver à éteindre sa flame,
Crut la prenant pour femme, être à couvert
       de blâme.
Sur ce dessein ce Dieu dans l'Olimpe monta,
Ravi de sa conquête, aux Dieu la presenta.
Les Deesses voyant cette vieille carcasse.
Entre elles font accord pour lui faire la chasse.
A l'instant cet Amant connoissant leur cou-
       roux,
La met, par sa faveur, à couvert de leurs coups,
Depose entre ses mains son Sceptre & sa Cou-
       ronne,   [donne.
Au Ciel rien n'est bien fait, si elle ne l'or-
Ainsi vit-on le sexe au Royaume des Cieux,
Gouverner un long-temps sous le plus grand
       des Dieux,
Jusqu'à ce que ce Dieu, de honte ou de colere,
De vous dire lequel, je ne le sçaurois faire,
Car à ne point mentir, & pour raisonner
       mieux,
Ces passions, je croi, en furent toutes deux.
Ayant par un départ forcé, mais necessaire,
A son fils délaissé le Trône de son pere,
A tous par son exemple a donné ces leçons:
Qu'il est permis d'aimer dans toutes les sai-
       sons;
Que les Dieux, comme l'homme, aiment le
       badinage;
Que souvent, quoique vieux on n'en est pas
       plus sage,
Et qu'on aura raison de repeter toujours,
Qu'il n'est belle prison ni de laides amours.
       F I N.   I

www.ingramcontent.com/pod-product-compliance
Lightning Source LLC
Chambersburg PA
CBHW061736180626
46818CB00006B/2650